点石成金的诱惑

[德]安内特·诺伊鲍尔/著
[德]约阿希姆·克劳泽/绘
赵蔚婕/译

天津出版传媒集团
新蕾出版社

十八世纪的伦敦桥

图书在版编目（CIP）数据

点石成金的诱惑 /（德）安内特·诺伊鲍尔著；（德）约阿希姆·克劳泽绘；赵蔚婕译. —— 天津：新蕾出版社，2023.7（2024.3 重印）
（大科学家和小侦探）
ISBN 978-7-5307-7520-2

Ⅰ.①点… Ⅱ.①安…②约…③赵… Ⅲ.①儿童小说-侦探小说-德国-现代 Ⅳ.① I516.84

中国国家版本馆 CIP 数据核字（2023）第 031865 号

Title of the original German Edition: Im Bann der Alchemie (Isaac Newton)
© 2009 Loewe Verlag GmbH, Bindlach
Simplified Chinese translation copyright © 2023 by New Buds Publishing House (Tianjin) Limited Company
ALL RIGHTS RESERVED
津图登字：02-2022-036

书　　名：	点石成金的诱惑　DIANSHICHENGJIN DE YOUHUO
出版发行：	天津出版传媒集团 新蕾出版社 http://www.newbuds.com.cn
地　　址：	天津市和平区西康路 35 号（300051）
出 版 人：	马玉秀
电　　话：	总编办（022）23332422 发行部（022）23332351　23332677
传　　真：	（022）23332422
经　　销：	全国新华书店
印　　刷：	天津新华印务有限公司
开　　本：	880mm×1230mm　1/32
字　　数：	51 千字
印　　张：	4.75
版　　次：	2023 年 7 月第 1 版　2024 年 3 月第 2 次印刷
定　　价：	26.80 元

著作权所有，请勿擅用本书制作各类出版物，违者必究。
如发现印、装质量问题，影响阅读，请与本社发行部联系调换。
地址：天津市和平区西康路 35 号
电话：（022）23332351　邮编：300051

目 录

一 伦敦塔对峙/1

二 危险的知识/17

三 楼梯间的脚步声/32

四 暗夜突袭/40

五 争论/52

六 夜色中的跟踪/69

七 万有引力三大定律/83

八 贤者之石/96

九 秘密实验室/110

十 真相大白/120

答案/132

艾萨克·牛顿生平大事年表/136

艾萨克·牛顿——一个博学天才/138

趣味小实验/143

一
伦敦塔对峙

"不能再快点儿吗?"牛顿焦急地探出头,冲车夫喊道。车夫随即甩了一鞭子,让马儿加快了速度。马车的车轮轧过凹凸不平的道路时,发出嘎吱嘎吱的声响。

"伦敦怎么到处修路哇?"牛顿急得直跺脚,烦躁地抓了抓半长不短的灰白头发,"整座城,哪儿哪儿都修路。"

"爵士[①],请少安毋躁。"同坐在马车里的乔治已经听牛顿催促了一路,心里难免郁闷。从昨天到现在,乔治一直与这位科学家待在一起。

[①]牛顿于1705年被授予爵士爵位。

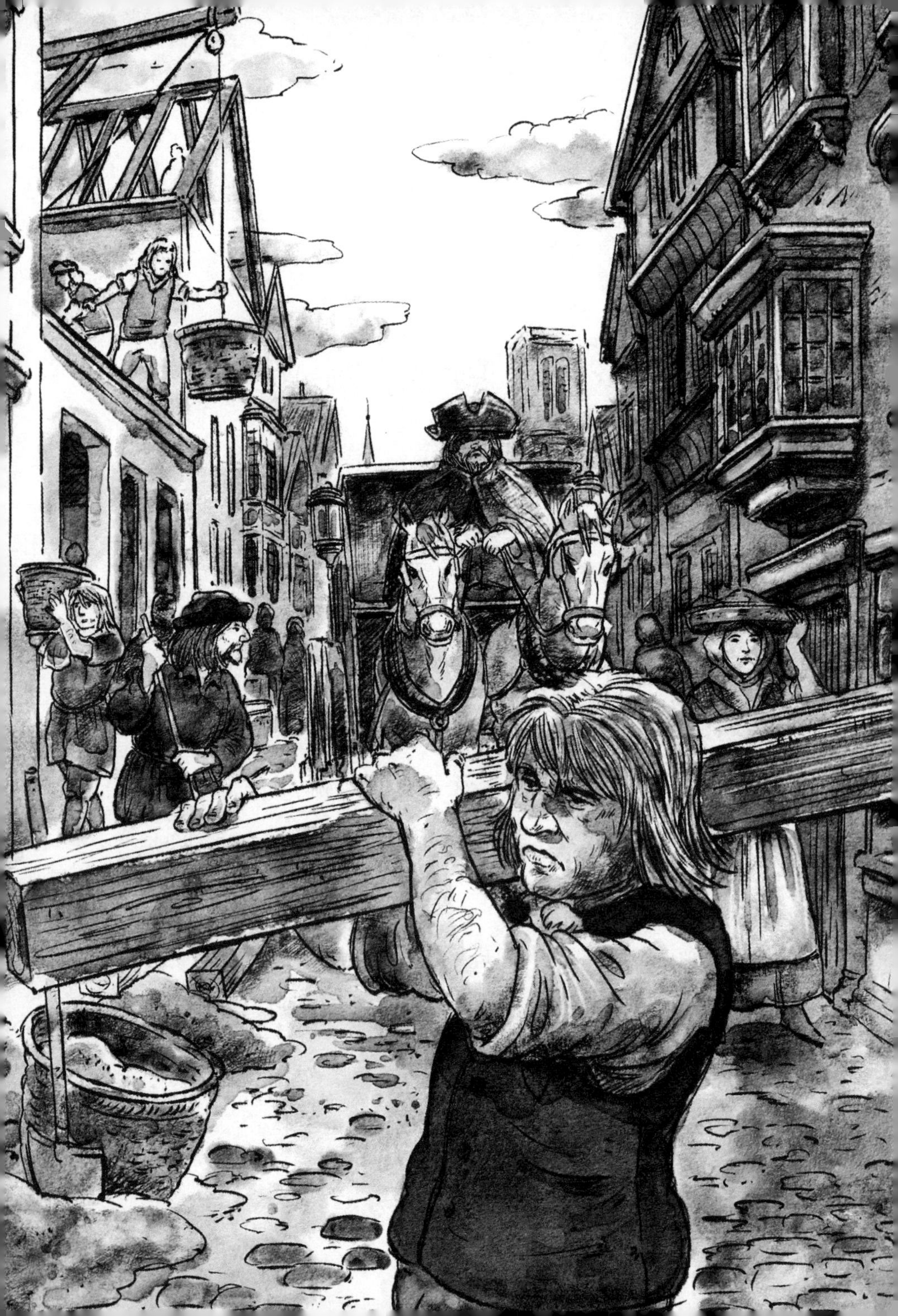

点石成金的诱惑

在这短暂的时间内,乔治已发觉,只要是耽误牛顿做研究的人或事儿,牛顿都深恶痛绝。但在屋里闷了那么久,今天总算能从牛顿在杰明街①的住所里出来透透气了,而且还是乘着马车前往伦敦塔。想到这儿,乔治的心情好转了许多。

"我真想再多看几眼首都。"乔治低声叹了口气。泰晤士河②沐浴在秋日的暖阳中,水面荡漾起的波纹泛着点点金光。

"乔治,我答应了你父亲,要教你数学、物理学和天文学,我可没答应他带你闲逛!"牛顿向下撇了撇嘴角,这显得他的鼻梁更挺了。他用犀利的目光打量着眼前的新学生,不由得眉头紧蹙:"你都十二岁了,怎么理科知识还是少得可怜?"

---

①杰明街,一条富有英国特色的街道,现在以销售男士时尚用品而闻名。
②泰晤士河,一条贯穿英国首都伦敦的河流,最终汇入北海。

乔治被说得无地自容，把头扭向窗外，看到一个肩负背篓的女人匆匆穿街而过。乔治知道自己争不过牛顿，毕竟他的思维那么敏锐。即使牛顿词穷才尽，自己也不可能是他的对手，还不如换个话题。"爵士，您还没和我说，为什么要去伦敦塔。"

"这个嘛，我亲爱的学生，你怎么也不会明白的。"牛顿边说边搓弄着胸前的真丝领巾。

"我的问题都得不到解答，那我能学到什么？"乔治嘀咕道，"我爸把我送到您这儿，让您单独辅导我。现在可好，您知道的东西，反倒要对我保密。"

"你这是什么语气？！我跟你讲那些重要理论的时候，比如说地心引力，怎么不见你这么上心，反而心不在焉的？我说什么，你都是左耳朵进右耳朵出！"牛顿面色铁青，瞪着眼前这个"问

点石成金的诱惑

题学生","要不是你父母帮我安排了伦敦的住处,我早就把你打发走了。"

乔治一声不吭,满脸不服,歪头瞥了牛顿一眼。

"算了,反正等会儿你到了现场也会知道的。"牛顿妥协了,"我就直说了,我被判了重罪。"

"啊?"乔治本能地叫出了声,眼睛顿时睁得老大,"您杀人了?"

牛顿正要开口,偏偏车夫一把勒住缰绳,马车猛地停了下来。

"当然没有!"牛顿没好气儿地答道,并从外套的口袋里掏出一罐嚼烟①,"咱们到了,先下车吧。"

牛顿下了马车后,往车夫的手里塞了几枚硬币。乔治紧随其后,跳了下来,好奇地环顾四周。他们眼前的伦敦塔是一组塔群,像一个小镇一样,里面有王宫、监狱,甚至还有铸币厂。他们站在一条幽静的窄巷入口,左右两侧的木桁架建筑②或是民居,或是铁匠铺。

牛顿没管自己的学生,步履匆匆地朝一座白

---

①嚼烟,一种可以放在口中咀嚼的烟草制品。
②木桁(héng)架建筑,一种半木构造建筑,通常由两个主要部分构成:一楼多采用砖石构造,二楼及二楼以上完全采用木构造。

点石成金的诱惑

塔走去,塔上的圆顶反射着金色的阳光。他清晰的脚步声回荡在石板路上。

"等等我!"乔治喊道。他一路连跑带跳,也难以跟上老师的步伐,"您就告诉我一件事儿,您到底犯了什么罪?"

牛顿走到白塔的入口前,转过身来,说:"我一丁点儿罪都没犯。我为科学而生,探索地球与宇宙的奥秘。"

他转动了门的把手,接着说:"但也正因如此,一些灾祸找上了门来。"

"您具体指的是什么?"乔治按捺不住好奇,边问边随牛顿走进了楼梯间,顿时,一阵冷风拂面而来。

"要是能把铅炼成金,我们就解开了一个重要谜题。"牛顿沿着又高又陡的楼梯拾级而上,"改变物质的性质,当属自然科学中的重要议题

之一。"

"您是炼金术士[①]，"乔治不解地问，"还是黑魔法师？"

"随你怎么定义吧！"牛顿平静地答道，走向了二楼狭长的走廊，"不过你知道的，无论动机是什么，进行炼金都违反了法律。因为，物以稀为贵，一旦人人都可以制造黄金，金子迟早会沦为白菜价的。统治者的权力依赖于手中的财富。所以，他们生怕有朝一日金子不值钱了，进而失

[①]炼金术士，指从事炼金术的人。炼金术是一种中世纪的化学哲学思想，当代化学的雏形。

点石成金的诱惑

去大权。"

乔治听到牛顿这番话后非常惊讶,以至于旁边的一扇门开了,他都丝毫没有察觉到,甚至和里面出来的一个男人撞了个满怀。

"啊,对不起!"乔治连忙道歉。他面前的这个男人不满地挑起了眉毛,慢慢掩上身后的门。这个男人身穿暗色天鹅绒的半敞开袍服和镶有蕾丝褶边①的衬衫,头上戴着高高隆起的假发,看上去有钱有势。

"小心点儿!"他责怪道,轻轻噘起的薄嘴唇拧成了一团。

"威尔金先生,请原谅,我这位年轻的朋友失礼了。"牛顿插话道,只不过,他嘴角挂着的得意笑容说明他此时并非诚心道歉。

---

①在十八世纪的欧洲,很多男士热衷于穿戴有蕾丝装饰的服饰,他们认为这是有品位的象征。

"哎呀！是牛顿先生！"被称作"威尔金"的男人赶忙转过身来打招呼，就好像才注意到这位科学家的存在似的，"每每遇到您，我都倍感荣幸！"他不情愿地轻轻躬了个身，长长的鬈发散落到了脸上。

"我是应该感谢您的虚情，还是假意呢？"牛顿的目光恰如一把锋利的匕首，刺向威尔金，"与其在这里假装客套，浪费时间，您还不如告诉我，为什么您会从皇家警长的房间里出来。汤德警长找您有什么事儿？"

点石成金的诱惑

"这个问题正是我想问您的。"威尔金淡定地回击道,嘴角挂着一丝冷笑,"您不是正好也要进这个房间吗?"说罢,他便扬长而去。

牛顿气得骂道:"真是个惹人生厌、心胸狭窄、贪慕虚荣的家伙!"

"您是怎么认识他的?"乔治明显被暴怒的牛顿吓到了,试探性地问道。

"威尔金与我同在大学教书。不过我不像他成天想着世俗的东西,眼中只有钱。他研究自然科学的初衷,就是想获得财富、地位与权力。"说罢,牛顿转身,轻轻敲响了门,拉着乔治走进了房间。在一张厚重的办公桌后,坐着一个身穿制服的男人,他斜眼瞧着两位新访客,鼻孔朝天地靠在椅背上,惬意地抚摸着自己的圆肚子。

"艾萨克·牛顿先生,"他捻着自己浓密的八字胡,嘴边泛起诡异的笑容,"见到您真好!哟,

您还带了客人来!"

"这是我的学生乔治,汤德警长。"牛顿回答,"他不想错过一观伦敦塔的好机会。"

"幸会!"汤德敷衍地对乔治点了点头。看得出来,他一点儿也不欢迎乔治。很明显,他只想与牛顿单独交谈。

"您不用拘泥于这种俗礼,反正您再怎么装腔作势,我也不信。"牛顿不耐烦地说,手里的拐杖几乎要戳穿他脚下的木地板了,"开门见山地说吧,为什么叫我来这儿?"

汤德直起身来,厉声问道:"您可知罪?滔天大罪!"

"我是一个科学家。"牛顿郑重地强调,"恕我直言,我一直勤勉工作,真不知道自己有什么过错。"

站在一旁的乔治屏气敛息,密切关注着这一

点石成金的诱惑

切。他一动不动,目不转睛地盯着这二人。

"我可听说了,您经常深夜偷偷儿做实验。"汤德耐不住性子了,拍案而起,把乔治吓得一激灵,"而且,还用了汞、铅、黑火药!还用我再说得直白点儿吗?"

他一下子蹿到牛顿面前,一把撸起了牛顿的袖子。只见牛顿的小臂上满是伤痕,都是实验造成的,毕竟那些实验原料都是危险的东西。

牛顿冷笑一声,甩开了汤德的手。

"您要是像威尔金先生一样识大体,"汤德凑到牛顿耳边低语,从裤兜里掏出一枚银币,在牛顿眼前晃来晃去,"那么,我将竭尽所能保护您,以免您被指控为炼金术士。您如果不稀罕,确切地说……不识抬举,那么您就等着去监狱里自生自灭吧!"

"说白了,就是想要我的钱。您刚才就是这样敲诈威尔金的吧?现在也想用同样的手段来对付我。不过,您想要挟我,总得拿出一些可靠的证据来!那些不知从什么地方道听途说的流言,或是某些无名鼠辈捏造的蜚语,根本唬不了我。"牛顿夺过汤德手中的银币,仔细端详着,

点石成金的诱惑

"唉,您被威尔金先生骗了都不知道!这枚银币根本一文不值!"

牛顿说完,把银币还给了愣住的警长。随后,他又从自己的上衣口袋里掏出一枚银币:"您瞧,即使像您脑子这么不好使的人,也应该能注意到,您手里的那枚是假币吧?"

牛顿是如何判断出汤德的银币是假币的？

二 危险的知识

一个小时后,马车驶回了杰明街,停在了一栋雅致的小楼前。乔治跟着牛顿回到他的住所时,天色已暗。牛顿在门厅脱下了外套后,便一声不响地去了书房。显然,他想在自己的科学世界里独处。乔治则走进了客房,他要在这儿住上四周。客房内除了一张简易床、一个衣柜和一把扶手椅以外,还有一个堆满了书的大书架。

乔治倚着窗台,眺望着薄暮时分的伦敦。几处灯火亮起,路上行人寥寥。女人们刚买完菜回家,男人们踉跄地晃进斜对角的酒馆里。

乔治正琢磨着晚上要做什么,屋外突然传来

一阵敲门声。牛顿估计正在忘我地工作,对接连传来的敲门声没有任何回应。于是,乔治走过去开了门。

"晚上好。"身穿一袭灰色长裙的女孩站在门口,她睁大了碧色的双眼,好奇地望着乔治,"我妈妈派我来给牛顿先生送饭。"

"你好!"乔治向她问好,心里有些纳闷儿。

点石成金的诱惑

"我叫茉莉·史密斯。"女孩介绍完自己，递给乔治一口用毛巾裹着的锅。培根煎萝卜的香味儿扑鼻而来，乔治顿时感到饥肠辘辘。

"我们住在楼上。"茉莉一边害羞地解释，一边用手指捋了捋额前的一缕头发——一缕从白帽子里跑出来的亚麻色头发，"我父母极为崇拜牛顿先生。因为他工作太投入时会经常忘记吃饭，所以我们时不时来照看一下。"

乔治想起来昨天与牛顿吃的鲜美多汁的炖肉。现在，他明白了那炖肉的来历。

"我叫乔治。"他放下戒备，向后退了一步，"快进来吧！"

茉莉欣然走了进来。"牛顿先生又在观测星星吗？"她急切地问，"听大人们说，他发明了一种观测星星的仪器，还亲自制造了一台。我多想像他一样观测星星啊！"

乔治倒是早就留意到了那台被牛顿叫作"望远镜"①的仪器,它就在书房窗边的桌子上。然而,他从未思考过,牛顿会用这个古怪的东西来做些什么。

"可以的!我带你去找牛顿爵士。"乔治安慰她。想到自己对牛顿的研究一无所知,他着实无地自容。茉莉作为普通人家的女儿,虽然连学都上不起,但聪慧好学。而他享受着昂贵的私人教育,却不知珍惜。

"我不能打扰牛顿先生!"茉莉连连摆手,"他的研究永远是第一位的。不能为了满足我的愿望,浪费他宝贵的时间。"

这样的想法,乔治似乎并不认同。他放下手里的锅,不顾茉莉的反对,敲响了牛顿书房的

---

①望远镜,一种光学仪器。通过它,人们可以更好地观察遥远的物体以及它们的运动轨迹。

门，走了进去。

牛顿根本没有注意到他，直到乔治站到桌前，大声地清了清嗓子。

"爵士，茉莉给您带了晚饭！"他字正腔圆地汇报道。

"现在不行。"牛顿心不在焉地回应他，在笔记本上沙沙地写着数学公式。

乔治知道，牛顿向来不喜欢礼节性地绕圈子，因此直入主题："爵士，茉莉想用您的望远镜看星星。"

这时，牛顿终于抬起了头，先是看了乔治一眼，然后转头望向了窗外的天空。

"告诉她，两个小时后再来。"牛顿的语气，仿佛满足茉莉的请求是理所应当的，"今晚的天应该是晴的，具备了观测星体的良好条件。"

在门厅里偷听的茉莉欣喜若狂，她竟然有观测星体的机会！当乔治回到她面前的时候，她恨不得扑上去抱抱他。

到了约定的时间，乔治与牛顿正坐在厨房里享用着茉莉母亲做的美味佳肴。敲门声再次响起，乔治站起身来去开门。茉莉正站在门口，兴奋得双颊泛红。

点石成金的诱惑

"我能进来吗?"她小心翼翼地问。

"当然!"乔治回答。他让到一边,然后冲着厨房里的牛顿喊道:"是茉莉!她已经迫不及待了!"

"茉莉?"牛顿一脸茫然,"她来做什么?"

乔治看到了茉莉脸上的失望,他低声说:"你放心,爵士他很讲信用的。他只不过是暂时忘了,脑子里还想着他的数学、物理学和天文学。"乔治又转向厨房喊道:"爵士,您答应带她观测星体。"

"是吗……哦,对,我想起来了!"牛顿从厨房里出来,匆匆走过来。他二话没说,立刻向乔治与茉莉示意,让他们跟着自己去书房。

"天哪!太神奇了!我简直不敢相信!"通过望远镜,茉莉观察着夜空,一遍又一遍地惊叹道,"月亮好近!星星好美!"轮到乔治观看时,

他也被眼前的景象所震撼。沉甸甸的望远镜被固定在一个底座上,中间有一个可旋转的圆球作为支点。由此,望远镜可以在乔治与茉莉之间来回转动。

"我每每观测星空,总会意识到,人类对宇宙的了解是那么少。"牛顿靠在沙发上感叹着,"打个比方,我们已知的仅仅是一滴水,未知的却是一整片海洋。"

"可是先生,"茉莉质疑道,"您对科学的研究已经那么深刻了!"

"关于这个,孩子,你不能这么轻易地下结论。"牛顿说。

"不,您就是最伟大的科学家!"茉莉突然变得很激动,双手在空中挥舞,还不小心碰掉了旁边茶几上的几个苹果。

"我们所要做的,就是洞察周围的一切。比

点石成金的诱惑

如刚刚,我就发现你展示了一个有关引力的重要定律。"看着茉莉与乔治茫然的表情,牛顿微微笑了笑,说,"苹果会掉到地上,是因为它被地心所吸引。重力是物体由于地球的吸引而受到的力。力的作用是相互的,地球与苹果之间互相吸引。但是,由于地球的质量比苹果大许多,所以苹果朝着地心的方向掉落。"

两个孩子一动不动地坐在椅子上,着迷地听着牛顿"讲课"。

牛顿继续说:"就好比地球吸引着苹果一样,地球也吸引着月球。"

"所以,地球的引力比月球的大吗?"乔治追问道。

牛顿点了点头。

"因为地球的质量比月球的大,所以是地球吸引着月球。"茉莉顺着乔治的思路说。

"就是这样。"牛顿俯身向前,握着望远镜望了一会儿夜空,继续说道,"如果地球是平的,月球就会沿直线移动。不过,实际上月球是围绕地球运转的。换句话讲,正因为地球是一个不规则的球体,每一面对月球都有引力,因此月球的运转轨道是椭圆形的。"

"可是地球和月球离得那么远,它们还能互相影响?"乔治一边说,一边捡起了滚到他脚边

点石成金的诱惑

的苹果。

"是的,它们的质量都非常大。"说罢,牛顿突然一拍大腿,"好了,关于天文和重力,今天已经讲得差不多了,现在我该回去做其他的研究了。"

牛顿朝着黑色天鹅绒窗帘的方向走去。他将窗帘拉开一条缝,一道门映入孩子们的眼帘。

"这儿还有一间屋子?"乔治惊奇地问。

"是的。"牛顿回答,"只不过,这是我的实验室,你们的禁地,记住了没?我研究炼金术,随时都可能入狱,我一个人处在危险之中就够了。你们知道得越少越好。"

"您想把铅变成金子吗?"乔治追问。茉莉看了看牛顿,又看了看乔治,满心困惑。

"炼金术的最大意义不是能提取出贵重的物质,而是能告诉我们一些自然规律。变化是永恒

的，我们所知晓的一切，都会随着时间的流逝而发生变化。只有了解地球的规律，才能更接近上帝[1]。"

牛顿拿起抽屉柜上的一本书，似乎在翻找某一页。找到后，他打开书，向乔治与茉莉展示这一页。

"看到这条蛇了吗？它在咬自己的尾巴[2]。"

---

[1] 牛顿晚年信奉基督教。
[2] 此处指"咬尾蛇"，这是一种古代象征符号，它有很多意义，其中最为人接受的是"无限大""循环""永恒"等意义。

点石成金的诱惑

牛顿指着书上的动物说，"我们的世界就像这条蛇，没有开始与结束，只有创造与毁灭、出生与死亡、存在与消失。这是一个永恒的循环。真正的炼金术士所关注的，是'永恒'这个话题。"

"所以，您半夜起来做实验。"乔治逐渐明白了，为什么牛顿明知炼金术犯法却还要铤而走险。

"炼金术，只是用来探索自然规律的实验之一。"

茉莉与乔治支起耳朵，生怕错过什么，他们努力去理解这位伟大科学家的话。

"看这儿，我的小伙伴们，是这个真理将真正的炼金术士联结在一起，它也是区别我们与江湖骗子的依据。所谓江湖骗子，是指那些出于贪婪与无知，随便冶炼个什么就开始忽悠全伦敦的小人。"牛顿指着书的下一页，敲了敲上面的字。

看见乔治与茉莉努力地读着上面的字,他欣慰地笑了笑。

"这写的是什么呀?"乔治嘟囔道,为了看得更清楚,他从牛顿手中接过了书。

书上写的是什么？

三
楼梯间的脚步声

乔治将那一页折叠了几下,终于看清了上面的文字:"真理源于上帝!"

牛顿点了点头:"是的。好了,我要去工作了,请你们见谅。"说罢,他便消失在了窗帘后面的实验室里。伴着咔嚓一声,门被上了锁。

"我好崇拜牛顿先生。"茉莉感叹地说,"不过,他也的确有些古怪。"

乔治十分认同:"他是为了科学而活,所以看世界的眼光和咱们普通人不一样。"

"所谓'曲高和寡',说的就是牛顿先生这样的人吧!"茉莉一边感叹,一边环顾牛顿的书

点石成金的诱惑

房。屋内唯一带有个人色彩的物品，莫过于写有"I.N."①的笔记本了，除此之外，整个房间宛若一个高深莫测的宇宙空间，依照着自己的法则运转，令常人捉摸不透。

"我想，爵士今天应该还会熬通宵，天亮了才会从实验室里出来。"乔治轻轻合上了怀里那本厚厚的书，把它放回黑天鹅绒窗帘边的抽屉柜上。"你看！"他指着书的封面，上面分散着各种奇奇怪怪的图案，"估计都是炼金术的符号，我从来没见过。"

"看起来怪怪的，好神秘呀！"茉莉惊叹道，"对我来说，这简直是天书。"

"对我也是。"乔治耸了耸肩，表示他也无从下手。

---

①牛顿的英文全名为"Isaac Newton"，缩写是"I.N."，字母后的"."表示省略。

"好了，我要回家睡觉了。"茉莉打了个哈欠，伸了个懒腰，"我父母能允许我这么晚来找你们，已经很不可思议了。"

乔治把茉莉送到客厅，忽然又想起了什么："锅！你等一下，我这就去拿。"他匆匆进了厨房，不一会儿就走了出来，却瞧见茉莉把食指竖在唇前。他驻足静听了片刻，蹑手蹑脚地走向房门。

"嘘！"茉莉小声说，"我听到楼梯间有脚步声。"

点石成金的诱惑

一片黑暗中，乔治支起耳朵，屏息凝神地听着。过了几秒，他低语道："什么都没有哇！"

"不对！我刚刚明明听到，有人悄悄上了楼。"茉莉把头探出房门，四处张望着。

"你是不是太累了？"乔治说着，把锅塞到她怀里，"估计产生幻听了。"

"可能吧，我站都站不稳了。"茉莉揉了揉惺忪的睡眼，"晚安！"

乔治站在屋外，直到他听见楼上的房门被关上，确定茉莉安全到家后，才放心

地进了自己的房间。他换上睡衣,头一沾床便立刻沉沉睡去。

夜里,他做了一个奇异的梦:在一个女巫的厨房里,熊熊燃烧的烈火上方架着一个火炉,他自己正用火炉加热铅,并用木勺搅拌着熔化了的黏稠液体,看它慢慢变黄。正当他准备将提炼好的黄金倒入碗中时,一阵声音把他从睡梦中拽了出来。

乔治一下子坐了起来,迷迷糊糊地环视着四周。难道那声音也是梦?还是现实中的声音?乔治的大脑飞速运转着。他想起茉莉临别时所说的话——楼梯间有脚步声!莫非真有人溜进了这栋小楼,只等时机合适,就潜入牛顿的住所?

他赶忙走到门口,小心地将门微微打开。透过门缝,他吃力地向外观察了一番,发现并没有人。随后,他悄无声息地走出了自己的房间,朝

点石成金的诱惑

牛顿的书房走去。一看到门是开的,他瞬间脊背发凉。之前送茉莉的时候,他不是关上了书房的门吗?乔治仔细听着周围的动静,一片沉寂。

牛顿是否处于危险之中?要不要喊他?可是,万一小偷儿就在屋内,自己会不会惊动他?乔治倒吸一口凉气。他紧贴门口,警觉地环视着书房。借着窗外路灯昏黄的光,他能大致看清家具的轮廓。他的目光先扫过办公桌,又徘徊在沙发与椅子之间,然后落到了望远镜上。在没发现什么异样后,他慢慢挪进了书房,听了听动静,壮着胆子又往前迈了一步。

当乔治的目光扫过黑天鹅绒窗帘和抽屉柜时,他的心脏怦怦直跳。它跳动得那样剧烈,几乎让乔治喘不过气来。这一瞬间,他清楚地意识到,之前的动静不是错觉,屋内的确来过别人。

乔治极力压制内心的恐惧,惊慌地环顾四

周，仿佛一只被追捕的猎物。他要找到一个在必要时可以用来自卫的武器。突然，他留意到，抽屉柜上那本敞开的书的旁边立着一个铁质烛台，便当机立断地抓起了它。

乔治怎么知道有人潜入了屋子？

四
暗夜突袭

乔治再次瞟了一眼抽屉柜上敞开的书。小偷儿应该是随手翻了翻这本书，但觉得它毫无价值，就漠然地把它丢在了抽屉柜上。之后，小偷儿可能去了牛顿的实验室。

乔治把黑天鹅绒窗帘拉开了一些，一看到后面的门是半掩着的，顿时起了一身鸡皮疙瘩。他记得一清二楚，牛顿之前把门锁上了，这说明小偷儿肯定来过。

今晚实验室里发生了什么？自己能对付得了这个小偷儿吗？出手试试才知道！说不定牛顿真的遭遇了危险。乔治感觉自己手心里都是

点石成金的诱惑

汗，于是他攥紧了烛台，一脚踹开了门。

眼前的景象把乔治吓得后退了一步：牛顿倒在地板上，不省人事，鲜血从后脑勺的伤口中溢出，周围有一堆碎玻璃。他或许一直用手扶着实验台，试图站稳，却不幸被击倒，以致昏迷。在此过程中，那些用瓶瓶罐罐精心储存的药剂也被碰到了地上。

"我半梦半醒中听到的，看来是瓶子摔碎的声音。"乔治急忙把烛台放在旁边的椅子上，跑到牛顿的身边，半跪了下来。"爵士！"他一边焦急地喊着，一边左右摇晃牛顿的肩膀，"您怎么了？快醒醒！"

"啊……嗯……怎……么……了？"牛顿无力地呻吟着，用手按着后脑勺，"我的头……快炸了。"

"谢天谢地，您还活着！"乔治松了口气，脱

下外套，把它揉成一团，掖到牛顿的脖子下，"您在这儿躺会儿，我去去就来。"

乔治噌的一声站了起来，这时，他才留意到实验室的窗户大开着。"啊，小偷儿就是这样逃出去的！从一楼的窗户跳出去，实在不需要什么技术。"乔治的脑海里闪过这样的推测。不过，他现在没有时间去深入考虑这些，寻求帮助要紧。他急匆匆地走出书房，打开房门，沿着楼梯冲上

点石成金的诱惑

二楼,猛敲茉莉与她父母的房门。

"快开门!"他上气不接下气地大喊,"牛顿爵士受伤了!"

没两分钟,乔治、茉莉与茉莉的父母便齐刷刷地站在了实验室里。他们搀扶着牛顿,把他挪到了床上。

"你上楼接着睡吧!"茉莉的母亲对自己的丈夫史密斯先生说,"明天你还要辛苦一整天,你在这儿也帮不上什么忙。"

史密斯先生忧心忡忡地望着眼前这位科学家,无奈地耸了耸肩:"我想,你说得有道理,而且,你们会照顾好牛顿先生的。"

乔治把史密斯先生送到门厅,茉莉和史密斯夫人则着手为牛顿清洗和包扎伤口,之后,她们又给他喂了一些镇痛的草药茶。

"这伤看上去严重,实际上还好。"史密斯夫

人舒了口气,把牛顿的被褥抚平,"他需要充分的休养,那样好得更快。"

"我该怎么照料他?要注意什么?"回到牛顿的卧室后,乔治心急地问。

"得确保他能好好吃饭,"史密斯夫人说着,用手贴了贴牛顿的前额,"他几乎瘦得皮包骨头。"

"到底发生了什么?"茉莉同情地摸了摸牛顿凹陷的脸颊。

点石成金的诱惑

"乔治之后会告诉咱们的。"史密斯夫人一边说着,一边透过卧室的窗户向外望去。尽管天还没亮,第一批赶去工作的人却已动身,仓促的脚步声回荡在杰明街凹凸不平的石板路上,"在你爸爸和我出门工作之前,我们再去小睡一会儿吧!"

午餐时分,茉莉过来了,还端来一锅热鸡汤。乔治还没来得及表达感谢,就听到她急不可耐地问:"昨晚到底发生了什么呀?"

乔治把发生的一切娓娓道来。"爵士好多了。"乔治最后补充道,"虽然他还躺在床上,但我感觉他已经回到他的科学世界了。进来吧,咱们一块儿劝他吃些东西。"

茉莉与乔治还没走到床边,就看见牛顿挣扎着要坐起来。茉莉把他背后的枕头摆正,让他能舒适地靠着。

"那个小偷儿到底想偷什么?"牛顿突然发问,"他找到想要的东西了吗?实验室里少了什么?"

"爵士,您还好吧?"乔治不安地问道,"您先吃些东西,再念叨盗窃的事情。"

乔治把汤端到了牛顿面前,茉莉去厨房拿了一把勺子。牛顿就喝了几口,又继续琢磨起来。"我昏倒前,隐约听到了揉纸的沙沙声。实验室里仅有的几张纸,本来夹在我的笔记本里。小偷儿八成是把它拿走了,所以,他应该是对炼金术实验的笔记感兴趣。"牛顿按着自己的额头,流露出痛苦的表情。

"您不能太费脑子。"茉莉提醒道,又检查了一遍牛顿头上的绷带是否牢固。

"您说的笔记本,是上面写着您英文名字缩写的那个?"乔治追问道,"它不是在书房吗?"

"对，就是它！"牛顿回答，"昨晚我做实验要用，就把它拿到实验室里了。"

"昨天夜里，您还注意到了什么？"乔治接着问。

"墙上那个半圆形的影子——一定是我的蒸馏瓶，唉，我的'乌龟'①也被小偷儿带走了。"牛顿轻叹道。

瞧着眼前这个躺在床上瘦骨嶙峋的男人，乔治与茉莉不由得心生敬佩。尽管被身体上的疼痛所折磨，但他的思维还是一如既往的敏锐。

---

①这里的"乌龟"指蒸馏瓶，它的形状像一只龟。一些炼金术士会以动物名来命名器皿。

"您看清那个人了吗?"乔治迫不及待地问。

"没有,他是从后面扑上来的。"牛顿答道,并闭上眼睛,回忆起昨夜的一幕幕,"我看不到他,倒是……听到了一种声音。对,一定是这样!小偷儿打开了陈列柜的锁。这是我失去意识前最后听到的声音,之后我就眼前一黑,晕了过去。"

牛顿疲惫地合上双眼休息了一会儿后,继续说:"我在实验室的时候,一般会把钥匙插在柜子的锁上。我不在实验室的时候,就把钥匙抽出来,随身带着。"

"什么东西这么值钱,您非得把它锁起来?"茉莉紧张地问。

"水银!在炼金术里,水银是必需品,也是一种昂贵的材料。"牛顿回答着,一头栽进枕头里,"可是,为什么有人要偷我的笔记本、蒸馏

点石成金的诱惑

瓶,还有水银呢?这我还真搞不懂。"

"伦敦塔的那个警长,叫什么来着?"乔治望着牛顿,眼里写满问号。

"汤德。"牛顿随口一答。

"对,就是他!估计他想调查您实验时所用的材料。"乔治瞬间有些不安,"您还记得吗?他提到了水银。也许有人正在寻找物证,用来指控您在炼金,好把您关进监狱里。说不定,汤德就是那个小偷儿。"

"可他为什么要这样做呢?"牛顿不解地问道,并微微抬起头,以便更清楚地看着乔治。

"您想想,说不定是出于报复心呢!毕竟,他本来打算勒索您,但您压根儿没搭理他。"

"有时,你真是令我刮目相看。"牛顿说道,似乎有了更清晰的思路,"我得去调查明白,小偷儿是不是只拿走了这三样东西。另外,我还

想知道,这个狂徒到底是用什么东西把我砸伤的。"

牛顿掀开被子,试图站起来,可双脚刚碰到地,他就又倒了回去。"不行,我的头太晕了。"

乔治走到牛顿的身边,帮他把腿塞进被子里,又把被子轻轻盖好。"爵士,您躺着好好休养。我和茉莉这就去实验室,找出击倒您的东西。包在我们身上!"

牛顿无奈地叹了口气,望着乔治与茉莉离开卧室。他俩进了牛顿的书房,先拉开了黑天鹅绒窗帘,后打开了实验室的门。屋里架着用来熔化金属的炉子,火早已熄灭,但东西烧焦的气味儿仍萦绕在空气中。他们四处搜寻着击倒牛顿的凶器。实验室里摆满了浅口锅、研磨钵、玻璃瓶、蒸馏瓶等,尽管这些东西种类繁杂,但它们被摆放得井然有序。片刻之后,茉莉说:"我想,我找到小偷儿用的凶器了。"

牛顿是被什么东西砸伤的？

五 争 论

茉莉半跪在地上,从柜子下方找到了一根铁杵,握在手里端详着。她感叹道:"唉,可怜的牛顿先生。"

"那个恶棍就是用这个砸的吗?"乔治十分惊愕。

点石成金的诱惑

"小偷儿估计没料到,爵士还在实验室里。爵士一定像往常一样,专心做他的实验,根本没听见有人进来。然后,这个恶棍就随手抄起了研磨钵里面的铁杵……"乔治指了指实验室门口一个貌似巨型蒜臼子的容器[①],"就这样,爵士被打晕了。"

茉莉与乔治翻遍了桌子、柜子以及架子,寻觅着水银、蒸馏瓶和笔记本的踪迹,却没能找到其中的任何一件。

"爵士没猜错。"乔治说着,从地上站了起来,掸了掸裤腿上的灰。

"那是当然!我们的牛顿先生从来不会搞错。"茉莉坚定地回应,"我倒想听听,他见到这个凶器会说些什么。"

[①] 这个容器就是大型研磨钵,类似于放大了数倍的蒜臼子(一种捣蒜用的器具)。

乔治与茉莉回到卧室,见牛顿正平躺在床上来回扯着他的被子。

"原来,这就是小偷儿用来砸伤我的东西呀!"他看着茉莉手中的铁杵说,"如果他真的是为了寻找物证,用来揭发我,好让我入狱,那他已经拥有了所需要的一切。"

"没有人敢给您定罪,或者监禁您!"茉莉坚定地说。

"没有这么绝对。"牛顿略有不安地回答,"有些科学家,本来就持有与我相反的观点。如果我没办法从事研究了,就遂了他们的心愿。乔治知道的,我被传唤到汤德警长那儿问话,就是因为有人举报。只不过,汤德警长手上没有确凿的证据,无法当场抓捕或者勒索我罢了。"说完,牛顿朝窗外望了望。

"那您觉得,谁有举报您的嫌疑呢?"茉莉不

禁追问。

"我在想,在英国皇家学会①里面,是不是有人想除掉我。"牛顿若有所思地望着窗外,"我的许多科学理论他们至今无法推翻,这让有些同行气得牙痒痒。"

---

①英国皇家学会,全称为"伦敦皇家自然知识促进学会",它是世界上历史最长而又从未中断过的科学学会。在牛顿所生活的时代,该协会由罗伯特·胡克领导。

"您现在有什么打算吗,爵士?"乔治同情地望着牛顿。牛顿靠在一个硕大的枕头上,脸看起来比平时更瘦削了。

"我们每周有一次例会,自然学科界的很多科学家都会相聚于格雷沙姆学院①,报告并讨论自己的阶段性研究成果。下次例会在周三,我也会去。在那之前,我必须好好休养,养足精神。"牛顿一边说,一边转过身侧卧着,并把被子向上拉了拉以盖住肩头。

牛顿在安稳的睡眠中度过了一整天。第二天早上,他的伤已经大有好转。史密斯夫人又端来了餐食,检查了他的伤口,并更换了绷带。乔治与茉莉则利用这段时间,漫步于伦敦的窄巷之中。

---

①格雷沙姆学院,1597年由英国商人托马斯·格雷沙姆在霍尔本地区创立,被称为"无形学院",是英国皇家学会的早期形态。

点石成金的诱惑

乔治新奇地看着热闹非凡的集市,怡然地望着泰晤士河上的数只轮渡来来往往。一路上,他与茉莉的话题总离不开如何帮牛顿抓小偷儿这件事儿。他们都觉得,不能让牛顿只身前往下次的例会。毕竟,他的身体仍旧虚弱。那么只剩下一种选择:陪他去。

于是,他们两人商定,茉莉会如往常一样,周三一早带饭下来。然后,他们再想法子说服牛顿,务必让他们陪着他去开会。

到了周三,茉莉与乔治按照计划出现在牛顿的卧室外。"先生,我妈妈千叮咛万嘱咐,说不能让您单独出门,母命难违,请您理解。"茉莉把母亲当幌子,想要说服牛顿,"万一您不小心晕过去了,旁边又没有人,那可怎么办?"

牛顿已经着装完毕。只见他穿了一件栗色的大衣,大衣上缝着金色的纽扣。他坐在沙发

上，腿上放着一本打开的数学书，不高兴地撇了撇嘴："告诉你的妈妈，我已经好了。"这时，乔治开始助攻："我俩陪您去！"他说得直截了当，因为他知道，明确、直接的话语最有可能赢得牛顿的赞同。

"既然你们都已经决定了，我也只好接受这个事实了。"牛顿简短地答道，低头继续看膝上的书。不过，他微微上扬的嘴角还是被乔治注意到了。

"看来，爵士知道我们担心他，心里还是很开心的。"乔治暗想，"即使他嘴硬不承认。"

一个小时后，乔治、茉莉跟着牛顿，在杰明街上等车。"停！"一辆马车驶过来时，牛顿大声问道，"载客吗？"

"载的，先生。"车夫答道，拉紧了缰绳，"吁——去哪儿？"

"去格雷沙姆学院!"牛顿说完便上了马车,乔治与茉莉紧跟其后。马儿悠悠地小跑了起来。这一回,乔治根本无心留意沿路上形形色色的商铺与飘来的各种香味儿,以及千奇百怪的声音。他的心思全放在了即将开始的学术会议上,他想着全英国的顶尖科学家都将到来。乔治望向对面的茉莉,只见她忐忑地搓弄着手套。

一路上,三人一言不发。过了半晌,他们来到一栋多层的砖楼前。牛顿付完钱后,带着两个孩子穿过格雷沙姆学院高耸的院门,来到宽敞无

比的门厅。透过窗户,乔治望见一棵高大的栗子树。它厚厚的落叶宛如华毯,铺满了大地。

牛顿没空再留意别的,直接拐向左边,沿着一条走廊匆匆向前。"例会召开的时候,你们肯定不能在场。"他边走边做安排,"不过你们可以到隔壁的图书馆等我。"

"没问题。"茉莉欣然答应了,她根本没想过能参加会议。在这个年代,一个女孩子能被准许进入学院,已经是破例了。这当然得益于现在的牛顿是备受大家尊崇的科学家。突然,牛顿停下了脚步,推开了一扇沉重的木门。他走进图书馆,示意茉莉与乔治跟上。之后,他朝左侧的另一扇门径直走去,高高的书架立在门的两旁。

"你们瞧,这是连接门,门的另一边就是会议室。"牛顿悄悄地把门拉开了一条缝,"这样,你们就可以听到皇家学会成员的讨论了,说不定

点石成金的诱惑

我忽略的东西,你们会注意到。"

"我们一定留神。"乔治义正词严地保证。

牛顿急匆匆地离开了图书馆。不久,隔壁房间传来了断断续续的声音,科学家们陆续进去了。茉莉与乔治凑在门缝前,向里面张望着。

他们目不转睛地注视着这一切:会议室内有一张巨大的椭圆形会议桌,几乎占据了房间的一半面积,一个个衣着光鲜的男人把笔记本置于桌上。随着一个留着山羊胡子的人宣布会

议开始，微弱的谈话声便渐渐消退。他们开始激烈地讨论一道数学题，乔治与茉莉听得云里雾里。随后，科学家们又转入第二个议题。

"西科先生，通过棱镜色散实验，我证明出光不是白色的，而是由不同颜色的光组成的。"牛顿注视着对面一袭真丝西服的同行，继续说道，"如果把所有颜色的光合在一起，它们会呈现出白色；而把这些光分散开，就会显现出它们原本的颜色。"

"您的假设毫无科学依据。"西科反驳道，"肉眼的观察根本站不住脚。相反，它还会把我们引入歧途。"

"您明明知道，我们备受尊敬的同行莱特先生，也与我持有同样的观点！"牛顿驳斥道，"要不是他在德国做短期研究，他肯定会跟我一起批驳您的谬论。"

点石成金的诱惑

"莱特那家伙不谙世事、固执己见,和您如出一辙。"西科反驳道,握紧了拳头,"您说,光不是白色的,这听上去就像天方夜谭。您还说什么光是由各种颜色组成的,简直就是痴人说梦。"

听了西科的最后一句话,牛顿先前的强颜欢笑也荡然无存:"您,西科先生,真是荒诞无稽。瞧瞧您现在的样子,多像一只套在真丝西服里的打鸣公鸡!"

茉莉赶忙用手捂住嘴,她差点儿就笑出了

声。牛顿的比喻贴切极了！乔治不禁屏住了呼吸，他从未见过牛顿如此暴怒。

"我可告诉您，到底谁笑到最后，还不一定呢，哼！"威胁的语句从西科嘴里冒了出来，字字针对牛顿。突然，西科猛地站了起来，甚至带翻了身后的椅子，椅背重重地砸到了地上，他说："面对像您这样的粗人，我连一秒钟都不愿意浪费。现在，各位同仁，不好意思失陪了，我还有一个重要会面。"

"西科要离开会议室了。"茉莉低声对乔治说。

"会不会小偷儿就是西科？他巴不得让爵士因为炼金术坐牢呢！毕竟他有足够的动机，在学术方面，爵士比他高出不知道多少倍。西科那么爱慕虚荣，爵士也就因此成了他的眼中钉。"说罢，乔治便走向图书馆的出口，推开了门，"来！

点石成金的诱惑

咱们跟着他。或许可以知道,到底什么事情这么重要,让西科提前离会。"

乔治与茉莉小心翼翼地向外张望。他们看见了西科,他头也不回,沿着走廊匆匆地走着。

"跟上他!"茉莉低声说,抓着乔治的手,把他拉出了图书馆。他们闪到一尊雕像后观察着,看到西科一边频频摇头,一边急促地往外走。突然,西科停了下来,用激昂的声音与一名工作人员交谈。

茉莉与乔治互换了眼神,对彼此点了点头,然后一起匆匆溜到了下一尊塑像后。在这里,他们可以更近地偷听西科的谈话。

"他想去泰晤士河畔的某个地点!"茉莉说着,又往大理石雕像上靠了靠,"但我没听清,去哪一个地方。"

"嘘——"乔治站在茉莉身后,将食指放在嘴

前,"你听到了吗？他正在询问,怎样能最快到达他要去的目的地。"

"您出了学院往南走,一直走到大路上。然后,您绕过圣保罗大教堂,朝泰晤士河的方向走,那就是您要去的桥了。"工作人员一边说,一

点石成金的诱惑

边在出口处挂着的伦敦地图上来回比画着。西科没有答谢,冲向衣帽间,扯下斗篷,愤愤地将它一把披上。

"走,我知道他要去哪儿了!"茉莉拉着乔治奔向外面。在他们出学院之前,乔治瞥了一眼地图,也知道了西科的去向。

格雷沙姆学院

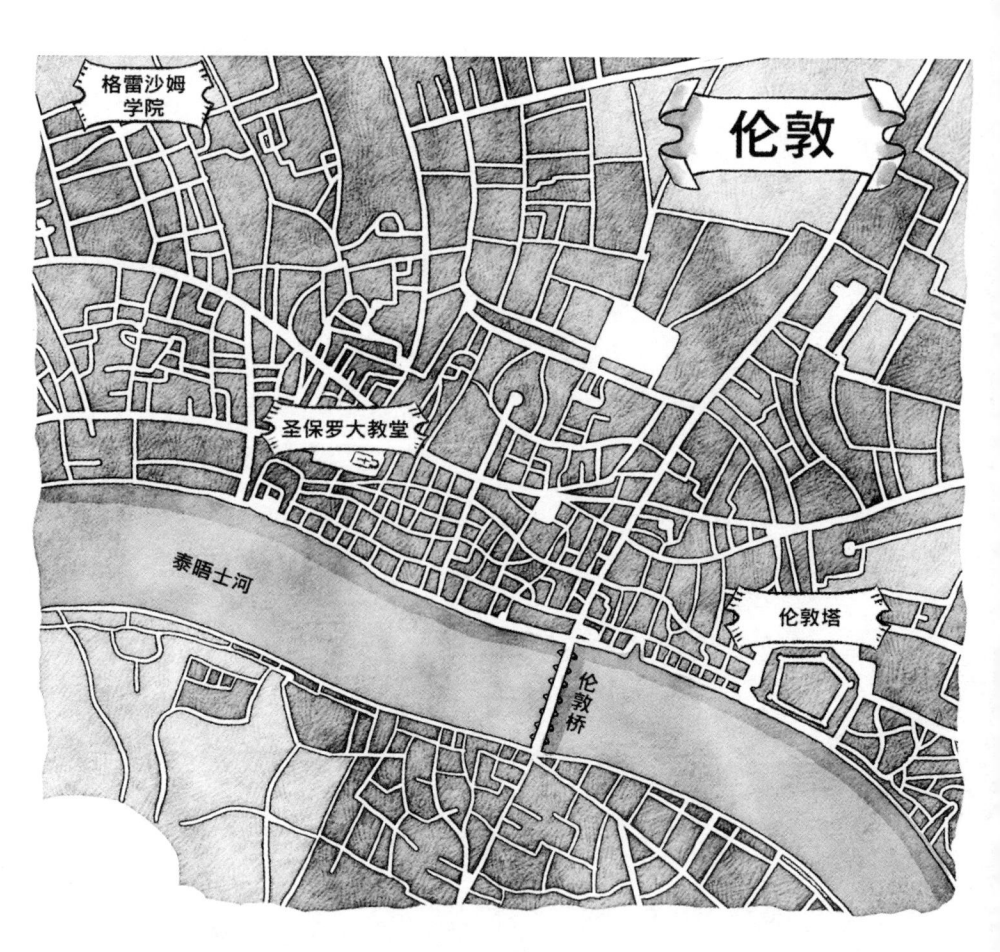

伦敦

圣保罗大教堂

泰晤士河

伦敦塔

伦敦桥

西科要去哪里？

六
夜色中的跟踪

"所以,西科要去伦敦桥①。但他去那儿干什么?"乔治十分纳闷儿。不远处的西科披着猩红色的斗篷,步履匆匆地向前走。茉莉与乔治悄悄尾随其后,并与他保持足够的距离。

西科正心烦意乱,对沿路的一切都视而不见。他弓着背、耸着肩,只顾低头盯着脚下的路,沿着金斯威路②向前走去。每走一步,他又黑又亮的皮靴的鞋跟都狠狠地砸在石板路上。

"咦,他去哪儿了?"茉莉悄声对乔治说。此

---

① 伦敦桥,一座位于泰晤士河上并几经重建的大桥,桥面上曾有着密集的住宅与商铺,还有一个小教堂。
② 金斯威路,即国王街,"金斯威"为"kingsway"的音译。

刻,他们正站在街头左顾右盼,茉莉冻得牙齿直打战。

天色已暗,街边的路灯在一片升腾缭绕的雾气中闪烁着微弱的光亮。"在那儿,他刚刚经过皮革作坊。"乔治回答道,拉着茉莉飞奔而上。

"让开!"西科一边大吼,一边粗鲁地推开两个晃悠到他面前的醉汉。他健步如飞,不一会儿便绕过了圣保罗大教堂。这座因伦敦大火[①]几乎付之一炬的教堂,正被大费周折地修复着。

"他往泰晤士河的方向走了。"乔治抓住茉莉的手,绕开一群站在街边的男人,只听他们正热火朝天地谈论着皮革上涨的价格。"快,咱们别跟丢了!"乔治拉着茉莉。他瞥了一眼泰晤士

---

①指1666年伦敦发生的一场特大火灾。先是一家面包铺失火,随即大火吞噬了整座城市,连续烧了四天四夜。出人意料的是,这场大火也烧死了数量庞大的老鼠,也就是当时"黑死病"的传染源,彻底结束了自1665年以来伦敦的鼠疫问题。

点石成金的诱惑

河两岸的房子，它们刚刚被翻修，外墙的雕饰玲珑精巧。茉莉拎起她靛蓝色的长裙，跌跌撞撞地跟在乔治后面。

"那儿！他在岸边！"茉莉激动地说。

灯光映在水面上，在荡漾的水波中反射出荧荧流光。虽已入夜，河上的轮渡仍往来如梭，将来自伦敦各地的乘客们摆渡到城内的萨瑟克区。夜色下的泰晤士河畔，仍没有褪去大都市白日里的喧嚣与骚动。商贩们不知疲倦地叫卖着，竞相展示着待售的布匹、琥珀与香料。两个摊位之间，一只羊正扯着嗓子咩咩直叫，一只逃出笼子的母鸡扑棱着翅膀欢呼雀跃地从一个孩子的头顶上飞过。

乔治与茉莉好不容易穿过了人流如织的繁华地带。"小心点儿！你没长眼吗？"一位妇人气愤地嚷道，乔治不小心撞到了她的篮子，把一

个鸡蛋撞了出来。

可乔治一心寻觅西科的斗篷。一片熙熙攘攘中，那件斗篷时隐时现。

"对不起。"他敷衍地回应了一句，连看都没有看那个妇人一眼。那个妇人无奈地摇了摇头，走开了。

"西科呢？"乔治边问边焦急地在人群中张望着，"我看不见他的身影了。"

泰晤士河上的雾气正浓，层层白雾笼罩在水

点石成金的诱惑

面上,蔓延到了两岸。

"他朝那儿走去了,人不见了。"茉莉走向岸边的木栈道,停了下来。

一叶船头和船尾都点了火把的轻舟在水波中摇曳着,上面有两个站立的黑影。

"那肯定是西科!"茉莉指着其中一个人,低声对乔治说。

"是呀,那不是他的斗篷吗?"

船上的其中一人来来回回地走着,好似一只

久困于笼中的豹子。当他走到一个火把附近时,西科的面庞清晰可见。

"果真是他!"乔治喃喃地说,目光一刻也不曾离开船上的人,"但是,他来见谁?"

船上的另一个人又矮又胖。他盯着西科,偶尔转转头,身体的其他部位像冻僵了一般一动不动。

"我的天哪,西科在做什么?"茉莉张大了嘴,望着那只船。

只见西科健步走到那个矮胖男人的面前,双手抓住他的肩膀用力摇晃,过了好一会儿才把他放开。矮胖男人被甩到了船的另一头,幸好他及时掌握了平衡,才不至于撞到火把。他傻愣在那里,一时没回过神儿来。

"我好像认识那个人。"乔治突然说道。

"你知道他是谁?"茉莉惊奇地问他。

点石成金的诱惑

"那不是……不就是……"乔治犹犹豫豫地吐出了几个字。

"快说呀!"茉莉按捺不住了,戳了戳乔治的腰。

"汤德!伦敦塔的警长!"瞬间,乔治要说的话一股脑儿冒了出来。

"看,西科要下船了!"茉莉指了指那个高大的身影。

西科跳下了船,踏上了木栈道,正朝乔治与茉莉的方向径直走来。

乔治以迅雷不及掩耳之势,抓住好朋友的手,把她拉到了岸边的垃圾堆后。

西科并没有发现他俩,径直路过了垃圾堆。

"看来,这雾还有点儿用处。"乔治暗自庆幸着。

茉莉重整旗鼓,先站了起来。

"起来吧,继续跟踪!"她整理了下自己的帽子,"怎么?难道还想让西科再次消失在咱们的

点石成金的诱惑

视线里？"

"看前面！"乔治站了起来，指着伦敦桥入口处的拱形门说，"西科走到了两个戴棕色帽子的人的中间。"

他们加快了脚步，不一会儿便奔上了伦敦桥，两个人都喘得上气不接下气。这座桥由数个牢固的拱柱支撑，桥面上的栋栋楼宇中，有民居，有商铺，甚至还有一个小教堂。

"西科又不见了，他去哪儿了？"茉莉边问边环视着四周，"是不是进了那边的珠宝店？"

"他去那儿干吗？"乔治反问。

"我怎么知道！"茉莉没好气儿地回应道，突然，她被一个扛着麻袋的人撞了一下。

"能不能看着点儿？"这回轮到茉莉抱怨了。可是，那人像是没长耳朵一样，若无其事地继续往前走。

"该死！这下算是彻底跟丢西科了！"茉莉气得直跺脚。

"他肯定在这附近。"乔治安慰她,"咱们会找到他的。"

"怎么找哇？他任何地方都可能去。"茉莉失望地耸了耸肩,"你看看这儿！挨家挨户的,全是房子！"

"要是他进入了某一座房子,就肯定会出来。"乔治推测道,"毕竟,西科总不可能人间蒸发。"他试图透过一栋楼的木质百叶窗看见些什么,那栋楼的外墙高处有一个精美浮雕,雕像的半身悬于空中,俯瞰着泰晤士河。

他们边走边寻觅着西科的踪影,不放过任何一个商铺与民居。

"那是他吗？"茉莉指着一家面包店的橱窗问道。透过橱窗,乔治看到柜台前站着一个披着

宽大斗篷的高个男人，店员正把一个面包递到他手上。

"不，西科穿的是黑色靴子，不是棕色休闲鞋。"乔治回答。

"真倒霉！"茉莉又急了，"咱们的努力要白费了！"

"别轻易放弃。"乔治安慰道。两人一起穿过伦敦桥向萨瑟克区走去。

"要是牛顿先生发现咱们不在图书馆，他肯定会非常生气的。"茉莉突然想起了牛顿。她走在好朋友的旁边，努力跟上他的脚步。

"会议永远是漫长的，说不定爵士还不知道

咱们离开了。"乔治侧过脸看着茉莉说。由于没有看路,他差点儿一头撞上面前的灯柱。幸好他及时躲过,跟跟跄跄地跌进一个门洞。那里只点着一盏灯笼,光线微弱昏暗。

突然,乔治一把拉住了茉莉的袖子,示意她停下脚步。"等一下!"乔治紧张地低语,"我想,咱们找到他了。"

茉莉与乔治紧贴着墙,谨慎地盯着门口,他们看到了西科的背影。西科正与他对面的男人激烈地争执着。然而,对方一个劲儿地摆手摇头,一副拒绝的样子。

"你的钱,给你!"那个男人恼羞成怒地嚷道,并伸手从自己的上衣口袋里掏出一个钱袋,一把扯开,"我不要了!"

茉莉与乔治听到了硬币掉在石板路上的叮当声。

点石成金的诱惑

"咱们之前不是讲好条件了吗?"西科揪住那人的衣领,"这你是知道的!说好的事情,怎么能这样中途毁约呢?"

"哼,钱都还你了!你别再来胡搅蛮缠了!"那个男人从西科的手中挣脱出来,"我可不想跟你在这儿浪费时间,没完没了!"

乔治与茉莉又退后了一些,更紧地贴着墙。头上戴着高高隆起的假发的男人从门洞里走了出来,从他俩身边经过,根本没注意到他们,就迅速地沿着桥走向了萨瑟克区。

"趁着西科还在捡他的硬币,暂时还发现不了咱们,赶紧走!"乔治对茉莉低声说。

"你就不想知道,西科刚才见的是谁吗?"茉莉反问道。

"我已经知道了。"乔治回答,目光追着那个男人,只见那人慢慢消匿在了夜色中。

被乔治认出的男人是谁？

七
万有引力三大定律

"西科见的那个人,是威尔金。"乔治一边向茉莉解释,一边望向在桥上渐行渐远、消失在夜色中的男人,"他的假发让我认出是他。"

"威尔金是谁?"茉莉张大了嘴巴。

"前些天,我陪爵士去伦敦塔的时候,在走廊上碰见过他。当时,我们正要进汤德警长的办公室,他从里面出来了。威尔金是一名炼金术士,还是个惹人生厌的家伙,他满脑子只有权力和财富,所以才一个劲儿地琢磨怎么把铁变成金子。"

"这个你以后再慢慢跟我讲。"茉莉打断了

他，抓起乔治的手就急匆匆地往回走，"咱们还是赶紧回去吧，以免牛顿先生担心。"就这样，他们踏上了返程，一路狂奔，穿过伦敦桥入口的拱门，又穿过已然空荡荡的街巷。到了学院门口，他们已经气喘吁吁。这时，牛顿恰好走了出来，一看到乔治与茉莉，便满面怒容。

"你们去了哪里？"他一边怒吼着跑下石阶，一边乱挥着手杖，"我差不多动用了整个学院的人来找你们。"

点石成金的诱惑

"对不起,爵士。但我们真的有很重要的事情要办。"乔治辩解道。牛顿冷冷地哼了一声,拦住了一辆驶过来的马车。

"很重要的事情?"他挑起眉毛,重复着这句说辞,"我倒要看看,是什么重要的事情!"他钻进马车,哐当一声摔上了门。

乔治愣了片刻,默默拉开了马车的门,与茉莉一起上了车。

牛顿面朝马车行驶的方向端坐着,茉莉与乔治在他对面坐下。随后,乔治将他们这一路跟踪西科的见闻一五一十讲给了牛顿。

"好吧,还真是很重要的事情。"牛顿表示认同,他不经意地瞥了眼路上一晃而过的房子,入夜了,家家户户的门窗都紧锁着,"西科跟汤德在船上说了什么?他为什么攻击了汤德?威尔金拿了西科的钱,是为了干什么?为什么又把钱

85

退给了西科？"

　　茉莉与乔治如丈二和尚摸不着头脑，频频摇头。

　　"这些问题，暂时还没有答案。"牛顿将双手搭在了手杖的手柄上，"利用这段时间，咱们还是做些更有实际意义的事情吧！我已经很久没给你们上课了。"

　　乔治没有接腔，向茉莉投去楚楚可怜的求助

点石成金的诱惑

目光。

"我们现在坐的马车,为什么要靠马在前面拉?"马车颠簸在石板路上,牛顿突然发问。

"这样才能往前移动啊!"乔治敷衍地回答。他心里知道,牛顿肯定想说别的。

"可是,马为什么要一直拉着马车走呢?"牛顿眨眨眼,目光炯炯。

"如果不这样的话,我们就会停下来。"茉莉答道,在座椅上左右晃动。

"是的。那么,我们为什么会停下来?"牛顿接着问,"一个运动中的物体,比如车轮,为什么不能一直滚动下去?是什么在阻止它?"

乔治与茉莉大眼瞪小眼,一头雾水。他们从未想过这个问题。

"这个……我不知道。"乔治默默思索了半晌,坦言道。

"马车不能一直前行,原因很简单。"牛顿掏出一块手帕,别别扭扭地擤了把鼻涕,"因为它受摩擦力的影响。"他拍了拍乔治的肩膀,接着说道:"车轮在路上滚动着,与路面产生摩擦,就抵消了一部分能量。除此之外,空气阻力也让行进的物体越来越慢,好比一个无形的车闸。"

"要是马车没有了阻力呢?"茉莉问道。

"那咱们就会一直往前走。真是这样的话,马只需要最开始向前拽一小下马车,之后就不用拉车了。"牛顿解释道,"顺便说一句,想让物体加速运动或者改变方向,都需要借助外力。"

"那肯定!"乔治兴奋地说道,"马要是跑快了,我们的马车也就跑得快;马要是向左或向右转了,马车也会跟着转变方向。"

牛顿满意地往后靠了靠,说:"就在刚才,我的两个聪明学生就已经掌握了万有引力的前两

点石成金的诱惑

条定律。"

回到杰明街,三人凑在厨房里,回顾起这一天的经历。茉莉放了一碟饼干到桌上,然后分别给三个陶杯倒上茶。乔治与牛顿搬来椅子,面对面在小木桌前坐下。

"现在,咱们来理一下线索。西科是一个爱慕虚荣的科学家,他公开威胁过我,巴不得我身败名裂。对他来说,最直接的办法就是指控我从事炼金术,好让我进监狱。"牛顿说着,双手握紧了茶杯。

"威尔金对炼金术感兴趣,大概只是出于贪婪。"乔治顺着牛顿的思路接着说,"有没有这样的可能,威尔金就是偷了您笔记的小偷儿?也许,他觉得您已经掌握了物质的转化原理?"

牛顿没有回答,直勾勾地盯着桌子,沉默不语。

"可是,西科去船上见汤德的原因,咱们还不知道。"乔治陷入了思索。

牛顿稍稍换了个姿势,抬起头,目不转睛地望着乔治。"我想,汤德也在向西科索取封口费。"牛顿推测道,"对所有与炼金术有关的人,

点石成金的诱惑

汤德都想勒索一遍。如果西科害怕被指控,他也得像威尔金一样,乖乖地贿赂汤德,别无选择。汤德手中,也一定有对西科不利的证据。"牛顿说完皱起了眉头。

"这听上去顺理成章。"乔治十分赞同,呷了一口茶。

"那西科为什么还要和威尔金秘密会面呢?"茉莉不解地问,"他们在伦敦桥上都说了些什么?"

"见面的原因应该只有一个!"乔治激动得差点儿呛住,"西科给了威尔金钱,肯定想从他那儿得到些什么,比如保密的信息或是贵重的物品。威尔金起初同意了,后来改变了主意,又把钱退回去了。"

"威尔金有嫌疑。"牛顿推测道,唰啦一声站了起来,走到厨房窗前。他望向窗外,背对乔治

与茉莉,"咱们到现在的所有猜测,都只是凭空想象,没有任何证据。说不定,咱们一开始的思路就是错的。或许西科和我在会议上的争论纯属见解不同,是件微不足道的小事儿。"牛顿深

点石成金的诱惑

深叹了口气,"唉,我所敬仰的同行莱特,怎么偏偏在这个时候去了德国?我多么想和他说说这件事儿呀!"

"现在该怎么办?"乔治问道,绝望地抓着头发,"究竟怎样才能证明,西科和威尔金想陷害您?"

"那得他们先有这样的打算才行。"茉莉反对说,若有所思地搅拌着她的茶,"或许那个小偷儿并没有这个动机。"

"现在,你们正在应用万有引力的第三条定律。"牛顿猛然回过头,言语坚定。他每每对一个想法深信不疑时,眼里总是熠熠生辉。

"第三条定律讲的是什么?"茉莉惊奇地问。

"我会写下这条定律。"牛顿一边说,一边健步走出厨房,"这样你们就会牢牢记住它。凭借这个定律,有朝一日,人类甚至可以飞上月球。"

牛顿离开了。乔治与茉莉张大了嘴,望着他的背影。

"天哪!去月球?"乔治咽了一口茶,惊奇地问,"他是这么说的吧?"

茉莉点了点头:"牛顿先生的想法总是这么奇特。"

他们还没来得及继续交谈,牛顿便拿着一张纸条回来了,把它塞进了乔治的手里。乔治看着牛顿的字迹,开始吃力地破译万有引力的第三条定律。

CXR BRQJ OL=
IDQ CXR BRQJ OL

小提示：按26个英文字母的顺序，纸条上的每个字母代表的是其前面的第三个字母哟！

纸条上写了什么？

八 贤者之石[①]

"哦,我明白了!纸条上的每个字母代表的是其前面的第三个字母!"乔治惊呼道。

"没错!"牛顿嘴角上扬。

"不过,作用力=反作用力,这到底是什么意思?"乔治打量着眼前的字条问道。

"这表示,一个行动会引发相应的反应。"牛顿解释道,他把手插进墨绿色的大衣口袋里,含笑看着眼前坐着的两个学生,"如果物体A对物体B施加作用力,那么物体B也会对物体A施

[①]贤者之石,一种神话般的物质,传说能将普通金属变为贵重金属,历来被西方的炼金术士所追捧。

点石成金的诱惑

加与其大小相等、方向相反的反作用力。"

乔治的大脑陷入疯狂的运转，茉莉也努力琢磨着，额头上甚至挤出了川字纹。

"这样吧，"牛顿继续耐心地讲，并回到他们身旁坐下，"我用一个例子来向你们证明。比如枪射出子弹的时候，枪口也会产生向后的力——后坐力。"

"因此，射出子弹的力是作用力，而枪口的后坐力是对应的反作用力。"乔治顺着这个思路说。

牛顿赞赏地点点头。

"可是先生，您刚才说，人类可以飞到月球上。"茉莉问道，"那是什么意思？"

"要想飞到月球，就要发明一种瞬间发出巨大能量的机器。这个能量非常大，以至于它对应的后坐力可以把机器推离地面。与子弹被射出

的原理类似,这个机器需要外部的冲击力,才能被推向月球。我坚信,人类终有登上其他星球的那一天。"

"可是,万有引力的第三定律和咱们的入室盗窃案有什么关系?"乔治焦急地问道,在凳子上晃来晃去。

点石成金的诱惑

"很简单。咱们要计划一个能触动小偷儿的事情。也就是说,咱们主动出击,迫使他回应。"牛顿站了起来,在厨房里踱步,"说白了,就是给他设计一个圈套。"

"那……这个圈套大概是怎么样的呢?"茉莉问道。

"我倒是有个主意。"乔治突然冒出来一句,"恕我直言,爵士,如果您能想法让西科上钩……"

乔治、茉莉与牛顿探讨到了深夜,策划出一个"引蛇出洞"的方案,以消除西科的警惕。

第二天清晨,他们三人都怀着忐忑的心情,登上了前往格雷沙姆学院的马车。昨夜,他们还对这个计划笃信不疑,此刻却半信半疑。

与昨天一样,大约一个小时后,他们到达了位于霍尔本区的格雷沙姆学院。

一路上，风越来越大，伦敦上空黑云翻滚。牛顿、乔治与茉莉走下马车的那一刻，豆大的雨点开始啪嗒啪嗒地落下。三人赶忙跑上台阶，进了学院大厅。看着外面大雨滂沱，他们心里好不庆幸。

"这破天气！"牛顿嘟囔着，取下帽子，把它与羊绒大衣挂到衣架上。

"看，西科已经到了！"乔治指着衣架上一件猩红色的斗篷说道。

点石成金的诱惑

"估计他正在图书馆里找文献,想找到光是白色的论据。什么谬论!"牛顿嘲讽地说,"我要对付的人,脑袋里装的都是什么愚蠢的想法呀……"

"先生,西科今天也在学院,这对咱们的计划来说,真是天时地利人和。"乔治与茉莉也脱下了外套。

"这一点不用你们提醒。"牛顿轻蔑一笑,率先走向长廊。乔治与茉莉意味深长地对视了一眼,在后面默默跟上。

到了图书馆门口,牛顿猛地拉开门,阔步走了进去。之后,他急匆匆地穿过中间的过道,锐利的目光扫过左右两侧一字排开的书架。

茉莉与乔治站在图书馆门口,偷偷向里观望。他们见牛顿忽然把头转向左边,西科正从两个书架之间走出来。

"嘿，西科先生！"牛顿的声音响起，"见到您真好！"

茉莉惊得用手捂住嘴，生怕自己叫出声来。"想不到，牛顿先生还有这么彬彬有礼的一面。"她对乔治说，他俩一起悄悄向西科与牛顿走去，潜伏在二人附近。此刻，西科与牛顿正面对面站着。

"早上好哇，艾萨克·牛顿先生！"身着一套黑色西装的西科礼貌回应着，双手撑在蓝色腰带上，"您今天怎么如此热情？这可不像您一贯的风格。"

"仁兄真是火眼金睛，您这暗里的意思，是指我昨天的态度吧？"牛顿不慌不忙地回答着，眼睛紧盯着西科，"这算不上道歉吧，但请恕我昨日受要事烦扰，着实无法专心开会。"

"什么事情让您如此心神不宁，甚至不惜出

言挑衅？"西科禁不住好奇。

"这个……算了，在您这样值得信赖的同行面前，我也没什么好藏着掖着的。"牛顿继续演戏，"我的实验室被盗了。"

茉莉不禁抓住乔治的手，用力捏着。这样的关键时刻她很紧张。

"啊？"西科惊愕地盯着牛顿，"什么东西被偷了？"

"是水银,还有一个蒸馏瓶。"牛顿不慌不忙地说。

"水银和蒸馏瓶?"西科的双眼瞪得老大,根本无法掩饰内心的诧异,"没有别的了吗?"

"当然还有!"牛顿娓娓道来,"我的笔记本也不见了。不过,这个只能您知我知,里面有关于物质转化的笔记。"

点石成金的诱惑

"您这是……这是……"西科结结巴巴地说,"已经找到了贤者之石?那种能提炼黄金的灵丹妙药?"

"没错。"牛顿回答,"不过我一直担心,这一发现会引发恐慌与战乱,甚至是恐怖袭击,我始终没有把它公之于众。物质性质的转变原理,是我想永远埋藏的秘密。"

"您真高尚!"西科嘴上赞扬着,穿着黑色皮靴的双脚却不安稳,身体也来回晃荡,"换了境界不高的人,一旦心怀不轨,一定会采取不一样的做法。"

"或许吧。"牛顿答道。即使站在远处,乔治与茉莉也能看到,牛顿的眼神里正透露着窃喜。"然而,祸不单行……"他故意说道。

"天哪,还发生什么了?"西科急不可耐地追问。他极力压制着内心的好奇,但他说话的语气

还是出卖了他。

"听起来有点儿不可思议,我现在倒是替那个盗贼捏把汗。"牛顿朝西科走了一步,压低声音说,"在一个关键的地方,我不小心算错了。偏偏这个失误,可能会有致命的后果。"

"致命的后果?"西科脸上的肌肉开始不自觉地抽搐,"您指的是什么?"

"我当时一定是太累了。"牛顿接着低语,"这估计就是计算出错的原因吧。"

"究竟是什么失误呢?"西科追问。

"在像您这样学富五车的科学家面前,来承认我的败笔,实在令我无地自容。"牛顿扭扭捏捏地说道。然而在这个瞬间,乔治还是察觉到了牛顿嘴角上勾起的一丝笑意。"您知道的,在物质转化的过程中,必须保障容器的绝对密封,以防蒸气泄漏。"牛顿用手指揉了揉额头,一副苦

点石成金的诱惑

思冥想状,沉默不语。

"这是每个炼金术士都知道的常识呀!"西科不耐烦地应和着。

"可是在计算密封剂①的密度时,我有一步想错了。我原本的想法是,蒸气根本不会泄漏。"牛顿说,"然而,这当然是个天大的错误。"

"错误?"西科目瞪口呆地看着牛顿。

"我没考虑到,蒸气在瓶瓶罐罐中还会膨胀,甚至会把容器撑到炸裂。"牛顿摇了摇头,似乎因为这个失误而懊悔不已。可与此同时,他却偷偷眯起眼睛,瞟了一眼乔治与茉莉,他们正密切地关注着这边的一举一动。

"可不能小看容器炸裂这件事儿,如果实验室被引爆了,后果不堪设想!要是被加热的容器

---

①密封剂,一种胶状物,可以随着密封面形状的改变而变形,具有防泄漏、防水、防震等作用。

里含有酸性物质，炼金术士的皮肤就可能遭到严重灼伤；要是危险烟雾进一步扩散，炼金术士可能就会中毒；还有，一旦玻璃碎片飞入眼睛，就可能导致人失明；更坏的情况则是，一旦那些装着硫酸、盐酸、黑火药等危险物质的容器发生爆炸，整个实验室就会顿时变成一片废墟。您看到了吧，西科先生？哪怕这个小偷儿实在不值得我费神，我还是有足够的理由，为他的生命安全而感到担忧。"

"哈哈，看，西科的脸色一下子就苍白了！"茉莉悄声对乔治说道，禁不住窃笑。

"不好意思，牛顿先生。"西科赶忙道别，"我先失陪了，因为我约了莱特先生，要交流一下彼此对行星位置的最新观测情况。"

说罢，西科便急忙转过身，沿着中间的过道，经过乔治与茉莉，径直走出图书馆。

点石成金的诱惑

随后,牛顿走向孩子们。"咱们的计划奏效了。"他露出胜利的笑容,"接下来,西科会用他的行动引领咱们,找回我的笔记本。"

"那是当然!"乔治赞同道,"要不是他心里有鬼,他怎么会对您撒谎?"

乔治为什么说西科在撒谎?

九
秘密实验室

"西科这是要去哪儿?"茉莉紧张地说。

"不管去哪儿,他肯定都不是去找莱特先生。"乔治一脸兴奋地回答,"因为莱特先生正在德国做短期研究呢!"

"你们跟上他!"牛顿说道,手指着图书馆的门,"去吧!别让他离开你们的视线!"

"那么您呢,先生?"茉莉问道,"您不一起去吗?"

"我人高马大的,太容易暴露了。你们悄悄跟着西科,更方便躲藏。"牛顿把茉莉与乔治推到出口,"别磨磨蹭蹭的,快去吧!"

点石成金的诱惑

乔治与茉莉一溜小跑,等他们下了格雷沙姆学院门口的台阶时,瞧见西科正朝圣巴多罗买大教堂的方向走去。他们紧盯着西科的背影,不让他离开自己的视线。这一回,西科显得谨小慎微。他一步三回头,四处张望,似乎察觉到自己正被暗中观察。

"他看上去就像一只受惊的猎物。"看着西科频频回头,乔治不由得低声感叹。与此同时,他拉上茉莉,迅速躲到一辆停在路边的手推车的后面。

"多亏路上人多。"茉莉说道,在推车后弓下腰,"要不然西科早就看见咱们了。"

趁着一些制革工人经过,他俩离开了先前的藏身之处。

就这样,乔治与茉莉跟在西科后面,穿过了数条人流如潮的小巷,最终到了一个破旧不堪的

街隅。此刻,乔治的身旁经过了一个扛着背篓的女人,两人躲在了她的身后。

"西科来这儿做什么?"

显然,这就是西科的目的地——一座年久失修的泥瓦房子。入口处的门虚掩着,松松垮垮地

点石成金的诱惑

吊在铰链①上。西科屏息凝神,左右环顾了一番,确定周围没人以后,才轻轻推开门,瞬间消失在乔治和茉莉的视线中。

"别让他溜了!"乔治边说,边不假思索地抓起茉莉的手,往入口冲去。对于要进入一座陌生的房子这件事儿,茉莉倍感不安,恐惧如寒流般沿着她的脖颈儿直抵后脑勺。乔治努力镇静下来,他屏住呼吸,透过门缝向里望去。

"没人。"他对茉莉说。

之后,他们二人走进了破败不堪的走廊。两边的墙面满是裂缝,石膏吊顶脱落了大半,地上的废弃杂物堆积如山,令人无从下脚。角落里的老鼠被突如其来的脚步声惊动,慌忙逃窜时发出了窸窣的声响,不禁让乔治与茉莉都打了个寒

---

①铰链,一种机械装置,常见于房门或柜门,可固定在门框一侧,让门来回转动。

战。空气里弥漫着的霉味儿,毫不留情地冲入他们的鼻孔。

他们顺着楼梯间的走廊往前走,看到右手边有一扇紧闭的房门。他们贴近门,然后支起耳朵听着。

"听见什么了吗?"过了一会儿,乔治问道。

茉莉摇了摇头:"什么也没有!"

乔治缓缓转动房门把手,将门推开一条小缝,向里望去。客厅中间立着一个破旧的橱柜,它的抽屉被抽掉了,随意丢在了地上。抽屉旁是一堆破了洞的麻袋和一些被打碎的杯子的碎渣,还有一张因虫蛀而破烂不堪的地毯。

"西科呢?"茉莉刚问出这话,便留意到,客厅侧面还有一扇门,留有一条缝。刹那间,一阵嘈杂声从里面传来,好似人说话的声音,那音色低沉又激动。

点石成金的诱惑

茉莉与乔治竖起耳朵,可是除了类似咆哮的声音外,他们得不到任何信息。

"咱们得离近一点儿。"乔治低声说道,并蹑手蹑脚地推开房门,走进客厅,躲到那个破橱柜后面。

"你疯了?!"茉莉低吼道,赶忙跟上他,扯着他的衬衫袖子,想把他拽出来,"咱们一旦进去,这客厅根本没有地方可以躲藏。要是西科待会儿从里屋出来,立马就会把咱们抓个正着!"

"咱们只能冒险。"乔治低声说道,语气中透着坚定,"不然,付出的一切都会打水漂。"

茉莉犹豫片刻,做出了让步:"唉,好吧!"

就这样,怀着忐忑不安的心情,他们一步一步朝里屋的方向走去。忽然,茉莉不小心踩到了一个烛台架。烛台咣的一声倒在了地上,发出沉闷的巨响。

二人被吓得怔住了，目不转睛地关注着侧门。所幸，里屋内继续回荡着杂音，渐渐地，谈话的声音越来越大、越来越激烈，几乎转化为争吵。茉莉与乔治小心翼翼地走上前去。

"威尔金先生，我刚刚见了牛顿。"里屋传来西科惶恐不安的声音，"我是来警告您的，您要小心。"

"我马上就要发现贤者之石了。"威尔金恼羞成怒，"什么人都别想来阻拦我，您也甭想。"

点石成金的诱惑

"您马上放下那瓶硝酸①。"西科火急火燎地命令道,"我跟您说过了,牛顿计算密封剂的时候,把密度算错了。您再这样下去,是把咱们二人的生命置于危险之中!"西科的声音颤抖着,如同波涛汹涌的巨浪。

乔治把脸凑近门缝,眯起双眼,向里望去,映入眼帘的是一个杂乱、肮脏的实验室。四面立着的高架子上,高矮不一的容器堆得密密麻麻。屋子中央有一个炉子,上面放着蒸馏瓶,旁边是一个巨型螺旋压力机。

威尔金站在一张木桌后,面前摆满了大大小小的熔炉、碗盆,还有研磨钵。

"就是这个东西,"威尔金举起一个贴有炼金术标记的棕色瓶子,直勾勾地望着它,一字一

---

①硝酸,化学实验或工业中常用的一种强酸。其他金属与黄金一起接触硝酸时,那些金属中的大部分都会被腐蚀,但黄金不会。硝酸的腐蚀性极强,会灼伤皮肤。

句地说,"将给我带来取之不尽、用之不竭的财富。"

一瞬间,茉莉看到了威尔金眼里的疯狂。"威尔金真是个疯子!"她对乔治低语道,"他怎么不考虑一下安全?如果继续把装有溶液的容器这样乱放,整个实验室都得给炸了。他为了炼金,竟然连命都不在乎了。"

乔治只是敷衍地点了点头,他正忙着思索另外一件事情。在这一片混乱中,他发现了威尔金曾潜入牛顿公寓的证据。

乔治发现的证据是什么？

十
真相大白

"看！桌子上的是爵士的笔记本！"乔治低声说道，进而转向身后的茉莉，"上面是他英文名字的缩写——I. N.。"

"这足以证明，威尔金就是那个入室盗窃的小偷儿。不过，咱们还是赶紧离开吧！"茉莉提议道，并警觉地往后退了几步，"西科肯定不会在这个乌烟瘴气的'女巫丹房'里久待。他要是出来了，立马就会发现咱们。"

随即，两人从房间里悄悄地撤了出来，穿过楼梯间的走廊，很快跑出了楼。

"咱们得马上把这些告诉爵士。"乔治迫不

点石成金的诱惑

及待地说,然后便开始一路狂奔。

等茉莉与乔治跑回学院时,正好看见牛顿与一个车夫交谈。牛顿方才处理完一些事务,刚从学院里出来。

"你们发现了什么?"一看到茉莉与乔治回来,牛顿便开门见山地问道,随即转向车夫,"麻烦您稍等一下,我们需要说一些事情。"

乔治三言两语地讲述了与茉莉的所见所闻。

"看来,威尔金的确是潜入了我的实验室。"牛顿赞许地拍了拍乔治的肩膀,"可是,他为什么拿了西科的钱又还了回去?这咱们还没有搞清楚。"

"最直接的办法就是找威尔金对质。"乔治建议道,"咱们可以去他的实验室,揭穿他偷了您的笔记本的事情。这样,他就不得不承认自己的偷盗行为,也会乖乖地把西科的计划告诉咱

们。"

"那好吧。"牛顿语气坚定,他随即上了马车,"去圣巴多罗买大教堂,要快!"

一路上,车夫快马加鞭,不一会儿便到了那座破旧的房屋前,里面隐匿着威尔金的秘密实验

点石成金的诱惑

室。

这一回，茉莉与乔治同牛顿一起，穿过那扇腐朽的大门。随后，他们一路带领着牛顿，穿过肮脏发霉的走廊，走进客厅，告诉牛顿侧门后面的里屋便是实验室。

"希望威尔金还在里面。"乔治不安地嘀咕道。

牛顿没有丝毫的犹豫，猛地撞开了侧门。里面的威尔金吓得缩成了一团，他震惊不已，差一点儿摔了手里的碗。

"哎呀，艾萨克·牛顿先生！"威尔金露出一个假惺惺的微笑，声音止不住地颤抖，"我何德何能，让您今天光临寒舍？"

牛顿的目光先扫过实验桌上的瓶瓶罐罐，后又停留在一个打开的笔记本上。

"好哇，您偷偷潜入我的住所，就是为了盗

窃？"牛顿说着，用手杖指了指自己的笔记本，"您想按照我的实验报告和理论，把普通金属变成黄金。"

面对确凿的证据，威尔金意识到自己无力狡辩。他瞬间变了样，像是泄了气的皮球："先生，正如大家所说，您的头脑如此聪明，我也佩服不已，您距离贤者之石仅有一步之遥了。"

"确实如此。"牛顿毫不谦逊地挑了挑眉毛。

"唉，反正我也没法抵赖了，那就请允许我提出最后一个问题。"威尔金飘忽不定的眼神，

点石成金的诱惑

时刻透露着他贪婪的本性,尽管已身处绝境,可他仍然深陷在炼金的妄想中,不能自拔。

"您直说。"牛顿回答。

"您亲口告诉西科,您把密封剂的密度算错了。"威尔金说,"可是,我算来算去都没有问题,实在找不出错在哪儿。"

牛顿没有回答,只是抿嘴一笑。

"西科兴冲冲地跑来找您,就是为了提醒您,爵士所谓的'计算失误'会带来意想不到的后果。"乔治插话道,"多亏了他,我们才找到了这里。"

"所以,笔记是对的?"威尔金震惊得张大了嘴巴,双手扶着桌子,"这……这……这不是……陷阱吗?"

"正是。"乔治解释道,"西科先上了当,然后来警告您,说您和您的实验室搞不好会被炸毁。

我们所需要做的,只是一路跟他来到这儿。"

"这么说,密封剂是经过精密计算的?没有错?"威尔金诧异地问道,眼睛瞪得更大了。

"当然。"牛顿答道,并举起威尔金实验桌上的一个棕色瓶,瞟了一眼上面的标签,"就凭您这些劣质的混合材料,做梦也别想提炼出黄金。哪怕得到了我的笔记本,您还是一个痴心妄想的傻瓜。"

"所以,是您潜入了牛顿先生的实验室,偷了他的笔记本、水银,还有蒸馏瓶?"茉莉环顾着实验室问道。她的目光停在架子上,上面有一个"乌龟"蒸馏瓶:"您偷走笔记本,是为了做实验,可为什么还带走了水银和蒸馏瓶呢?"

"水银极其昂贵。"威尔金实话实说,"而且,牛顿先生实验室里的那种蒸馏器[①],我见都没见

---

①蒸馏器,一种利用蒸馏法分离物质的器具。

点石成金的诱惑

过。所以，我想都没想，就顺手把它偷走了。"

"那您又为什么和西科在伦敦桥上见面？"乔治朝威尔金走近了一步。现在，他们之间只隔着一张实验桌。

"这些你们也知道？"威尔金十分惊讶。

"西科与爵士在格雷沙姆学院发生争执的那天，我们悄悄跟着西科去了伦敦桥。"乔治平静地回答。

"是西科委托我去偷笔记本的。为了让我潜入牛顿先生的实验室，他给了我一些银币。"威尔金耷拉着脑袋，一一道来，"我也的确需要这笔钱，因为炼金术的实验材料太昂贵了，我已经负债累累。所以，我就偷偷地潜入了牛顿先生的实验室。可当我意识到，牛顿先生的笔记本是多么无价时，我就想把它保留下来。因此，我约了西科到伦敦桥见面，把钱还给了他。"

"西科想要我的笔记本，就是为了以炼金术的名义告发我。这样的话，他就可以大肆发表'光是白色'的理论，还不用担心遭到反驳。"牛顿咬牙切齿地说道。

点石成金的诱惑

"他完全没料到,您的笔记竟有这么大的价值。"茉莉说,满眼敬佩地看着牛顿。

接着,牛顿对威尔金说:"到了法庭,如果您愿意为我作证,坦白说明这一切,我会在法官那里为您说话的。请再为我解答一个疑惑——汤德警长与您的入室盗窃案究竟有什么瓜葛?"

"汤德警长?"威尔金满脸不解与不安,他盯着牛顿,"那个打着警局旗号,成天搞敲诈的小人?我不明白,您到底想知道些什么?"

"看来,我没猜错。"牛顿满意地说,"汤德把西科叫到船上,也是为了要钱。"

"是的,西科对汤德无休止的敲诈愤怒不已,甚至对他动了手。"茉莉感叹着,向牛顿投去钦佩的眼神。

牛顿拿起笔记本,把它紧紧夹在胳膊下:"我要向全伦敦的学术界揭露西科的真面目——一

个愚昧的江湖骗子。"

乔治冲茉莉会心一笑,然后轻轻推了她一下:"这下,爵士可要忙了,也没时间来给咱们上课了。"

"这回咱们算是轰动了整个伦敦城。"茉莉说着,开心地笑了起来,"你看着吧,还有很多谜团等着咱们去破解呢……"

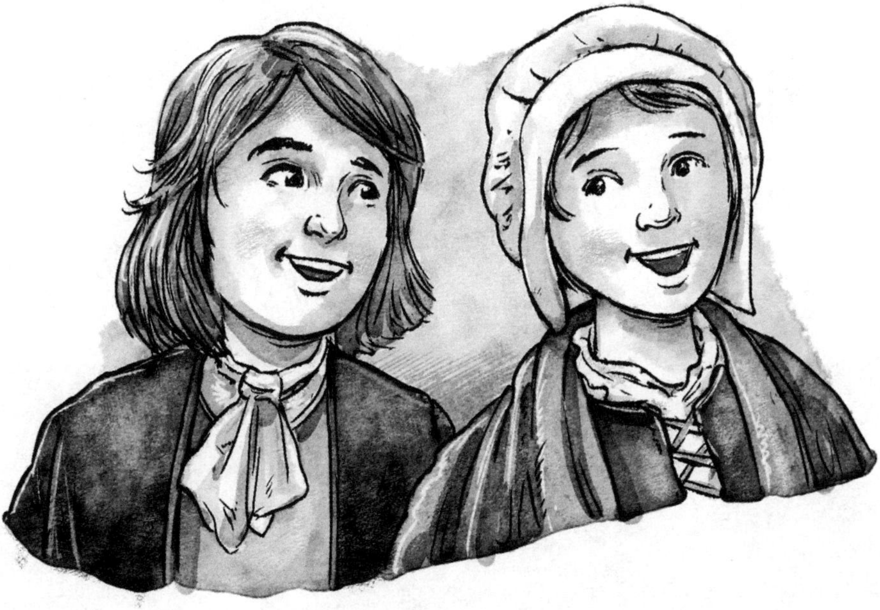

答案

一、伦敦塔对峙

牛顿的银币上印着"KING（国王）"，汤德的银币上却印着"KIMG"，单词拼写错误，银币自然是假币。

二、危险的知识

真理源于上帝。

三
楼梯间的脚步声

抽屉柜上的书是敞开的，可乔治之前明明把它合上了。

四
暗夜突袭

柜子下方那根研磨用的铁杵。

五
争论

伦敦桥。

六　夜色中的跟踪

根据高高隆起的假发，可以判断出这个男人是威尔金。

七　万有引力三大定律

ZUO YONG LI(作用力)=
FAN ZUO YONG LI(反作用力)

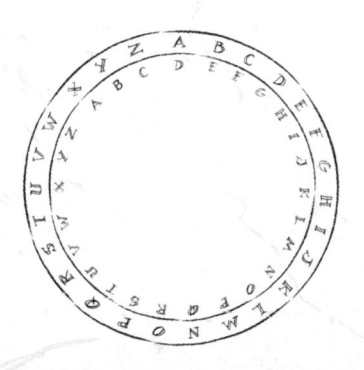

八 贤者之石

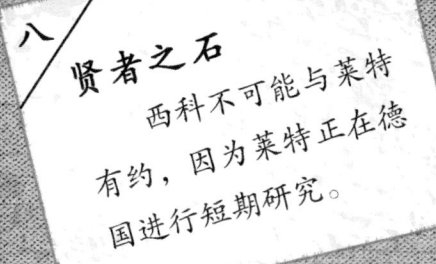

西科不可能与莱特有约,因为莱特正在德国进行短期研究。

九 秘密实验室

写有"I. N."的笔记本。

艾萨克·牛顿生平大事年表

1643年　牛顿出生于英格兰林肯郡乡下的伍尔索普庄园。

1661年　牛顿进入剑桥大学的三一学院学习。

1668年　牛顿制造了他的第一台反射式望远镜。

1669年　牛顿任教于剑桥大学。

1672年　牛顿被接纳为皇家学会会员，并就"光有不同颜色"的主题发表演讲，遭到了科学家胡克的激烈批判。

1679年　牛顿与胡克矛盾升级，他远离皇家学会。

1687年　牛顿正式提出三大运动定律。

1703年　胡克逝世后，牛顿被选为皇家学会新一任会长。在接下来的几年里，他与其他顶尖科

　　　　　学家的争论达到了顶峰。

1727 年　牛顿与世长辞，葬于威斯敏斯特教堂。

艾萨克·牛顿——一个博学天才

牛 顿 其 人

牛顿常被描述为一个孤僻、害羞、对外界的批评难以接受的人。他沉默寡言的性格与其童年经历有关:他还未降生,父亲就已过世;三岁时,他的母亲改嫁,把他丢给了他的祖父母;到了上学的年龄,他被寄养在一个叔叔的家里。牛顿的叔叔是一名药剂师,拥有一间很大的书房,牛顿常常徜徉其中。与此同时,他还学会了研制配方,对炼金术有了初步的了解。

牛顿每每沉浸于研究之中,就会废寝忘食。1690年左右,很多人都说年近半百的牛顿已经完全糊涂了。一些传记作家认为,这与他常年接触危险的化学物质有关,也有研究者将牛顿糟糕的状况归咎于心理问题。

作为炼金术士的牛顿

　　牛顿不仅是一位物理学家、数学家、天文学家和哲学家，还是一位炼金术士。

　　自青少年时代起，牛顿就已经开始进行化学实验了。他认为，普通金属都有可能转化为黄金，并打造了一间秘密实验室，常常彻夜做实验。

　　然而，牛顿用手直接接触了危险物质，并吸入了含有砷、铅和汞等重金属的蒸气。但在实验中，他始终全身心探索着地球与宇宙的规律。

牛顿的天文学研究

为了观察天体的运动,牛顿发明了反射式望远镜,这是迄今为止应用较广泛的望远镜之一。

通过观测夜空,牛顿试图探究天体为什么能沿着固定的椭圆轨道运行。有人说,牛顿看到一个苹果掉在地上,就此找到了答案。他发现了将苹果"拽"到地面的引力,并证明地心引力也作用于月球,使其围绕地球运转。

牛顿运动定律

牛顿意识到，仅仅研究物质与运动，还不足以解释宇宙的规律。为了解释星体的运行轨迹，还需要更复杂的研究。设想一下，我们推动一个静止的球，由于我们给它施加了力，即动能，它便能滚动起来。如果从侧边推一下这个正在滚动的球，它就会改变运动方向。

基于这些想法，牛顿提出了三大运动定律，于1687年将其发表在《自然哲学的数学原理》上。

牛顿第一运动定律（又称惯性定律）：任何物体都要保持匀速直线运动或静止状态，直到外力迫使它改变运动状态为止。

牛顿第二运动定律：物体加速度的大小跟作用力成正比，跟物体的质量成反比，且与物体质量的倒数成正比，加速度的方向跟作用力的方向相同。

牛顿第三运动定律：相互作用的两个物体之间的作用力和反作用力总是大小相等，方向相反，作用在同一条直线上。

这三大运动定律阐述了经典力学中基本的运动规律，可以用来解释天体的运转、涨潮与落潮、苹果落地等运动。

牛顿之"光的色散"

　　牛顿发现,光是由赤、橙、黄、绿、青、蓝、紫等各种有色光组成的,而不是他那个时代大家普遍认为的白色。

　　通过一个简单的实验,他证明了这个理论:将一束光透过一个三棱镜投射在墙上,光被分解成了七种颜色,他又在这个三棱镜和墙之间放置了另一个三棱镜,原本彩色的光又变回了白色。

趣味小实验

用一块硬纸板剪出一个圆盘。将圆盘分为七个区域，分别涂上赤、橙、黄、绿、青、蓝、紫这七种颜色。然后将彩色圆盘插在一个陀螺上，并旋转它，此时你会看到什么颜色？

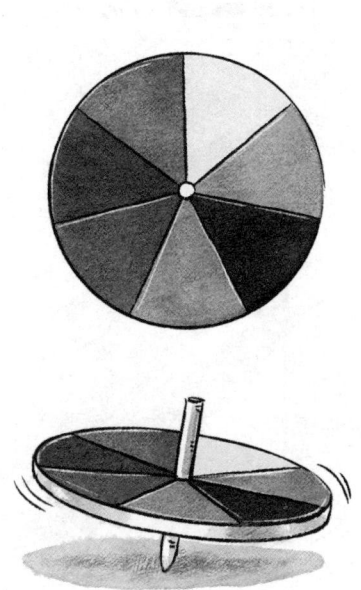